CASSANDRE OCULISTE;

OU

L'OCULISTE DUPE DE SON ART,

COMÉDIE-PARADE

En un Acte & en Vaudevilles,

Par MM. DE PIIS & BARRÉ;

Représentée pour la premiere fois, à Paris, le Mardi 30 Mai 1780 ; & à Versailles, devant LEURS MAJESTÉS, le Vendredi 3 Novembre suivant, par les Comédiens Italiens Ordinaires du Roi.

A PARIS,

Chez VENTE, Libraire des Menus Plaisirs du Roi, rue des Anglois, près celle des Noyers.

M. DCC. LXXXI.
Avec Approbation & Permiſſion.

PERSONNAGES,	ACTEURS,
CASSANDRE, Oculiste,	M. Rosiere.
LÉANDRE, Eleve de Cassandre,	M. Michu.
PIERROT, Valet de l'Oculiste,	M. Trial.
ISABELLE, Aveugle,	Mlle Lescot.
COLOMBINE, Fiancée à Cassandre,	Mlle Colombe la jeune.
UN PAYSAN,	M. Narbonne.
UNE PAYSANE,	Mlle Dufayel.

Troupe de Curieux.

La Scene est à Chaillot, dans l'appartement d'Isabelle.

CASSANDRE

OCULISTE;

OU

L'OCULISTE

DUPE DE SON ART,

COMÉDIE-PARADE.

SCENE PREMIERE.

LÉANDRE & PIERROT.

PIERROT.

AIR : *Quand un tendron vient dans ces lieux.*

Monsieur, Caſſandre vous attend
Avec impatience.

LÉANDRE.

Auſſi pour le ſervir, vraiment,
Ai-je fait diligence.

A

Chacun fait que c'eft à Chaillot
Qu'il doit fe fignaler tantôt,
    Pierrot.

PIERROT.

Oh, oh, oh! Ah, ah, ah,
Tout Paris fans doute y viendra.

AIR: *Pour un maudit péché.*

A qui n'a jamais vu,
Procurer la lumiere,

LÉANDRE.

Eft pour toute la terre
Un miracle imprévu.

PIERROT.

J'aurois dans le Mercure,
A nos Bourgeois ravis,
Donné de cette cure,
    Avis.

LÉANDRE.

AIR: *V'là ce que c'eft que d'aller au bois.*

J'ai fait imprimer des billets,
Que des gens apoftés exprès,
    Sur les quais,
Donnent par paquets
A tous ceux qui paffent,
Et qui les remplacent.

PIERROT.

Ces papiers-là, Monfieur, fouvent,
Autant en emporte le vent.

LÉANDRE.

AIR: *De la Pofte de Paris.*

L'Europe entiere lé faura;
Car fon Courier en parlera:

Il en sera fait mention
Et dans le Journal de Bouillon,
Et, pour y mettre plus de prix,
Dans les Affiches de Paris.

PIERROT.

AIR : *Je suis sur le Pont d'Avignon.*

Et la Gazette d'Avignon ?

LÉANDRE.

AIR : *Maris, qui voulez fuir l'affront.*

Bon !
Chacun sait que dans ces lieux,
Par une adresse nouvelle,
Cassandre doit ouvrir les yeux
De la charmante Isabelle.

PIERROT.

Je voudrois, quant à moi,

LÉANDRE.

Quoi ?

PIERROT.

Je voudrois, dis-je,
Que chaque Quinze-Vingt
Vînt
Voir ce prodige.

AIR : *Magdelon, qu'avez-vous donc ?*

Mais d'où vous vient en ce moment
Cet accès de tristesse soudaine ?
Seriez-vous donc, en le prônant,
Jaloux de sa gloire prochaine ?

LÉANDRE.

Ah, ah,
Ce n'est pas cela,
Qui cause ma peine.

CASSANDRE OCULISTE,

AIR : *Je n'ai pas d'autre bien que ma vielle.*

Caſſandre, hélas ! à ce qu'on répand,
Avec Colombine a fait treve...

PIERROT.

Oui , c'eſt Iſabelle qu'il prend.

LÉANDRE.

'Ah ! la certitude m'acheve.
Par un charme fatal ,
Non content d'être ſon éleve ,
Je ſuis ſon rival.

AIR : *O ma tendre Muſette.*

Quand je vis cette Belle ,
(Qui ne me voyoit pas)
A l'inſu même d'elle ,
Etaler tant d'appas ;
Mon cœur à ſe contraindre
Loin de s'accoutumer ,
Commença par la plaindre ,
Et finit par l'aimer.

PIERROT.

AIR : *Servantes , quittez vos paniers.*

Morbleu ! que ne l'avez-vous dit ?
Vous fûtes trop modeſte ,
Et ce délai , ſans contredit ,
Va vous être funeſte.
'Au ſurplus , un moment ſuffit ;
Le tems eſt court , mais il s'agit
Que vous mettiez vîte à profit
Le peu qui vous en reſte.

LÉANDRE.

'AIR : *L'amitié ſeule me ſéduit.*

Ne crois pas qu'à la courtiſer ,
Jamais mon cœur ſe détermine.

PIERROT.

Mon Maître devoit époufer
L'incomparable Colombine.

LÉANDRE, *avec emphafe.*

Il n'importe, Pierrot,
Et je mourrai plutôt
Que de manquer à l'amitié fi tendre
Qui me lie à Monfieur Caffandre.

PIERROT.

AIR : *Sous le nom de l'amitié.*

Sous le nom de l'amitié,
Fauffe délicateffe !
Soufflez-lui fa maitreffe ;
Ah ! fi c'étoit fa moitié,
Vous tâcheriez fans ceffe
D'en tirer aîle ou pié,
Sous le nom de l'amitié.

LÉANDRE.

AIR : *De Monfieur Jérôme.*

Ne fais pas le mauvais plaifant ;
Où Caffandre eft-il à préfent ?

PIERROT.

Près d'elle il fait le complaifant.

LÉANDRE.

J'y vais auffi m'y rendre....

PIERROT.

Arrêtez
Et redoutez
De trop les furprendre.

A iij

LÉANDRE.

AIR: *Jardinier, ne vois-tu pas?*

En ce cas, va m'annoncer,
Et pour te faire entendre....

PIERROT.

J'aurai grand soin de tousser,
En criant avant d'entrer:
Léandre, Léandre, Léandre.

___

SCENE II.

LÉANDRE, *seul.*

AIR: *De nos moutons le nombre augmente.*

Pauvre Léandre! quel martyre,
D'aimer, & de n'oser le dire?
Cassandre, après tout, me nourrit,
Me loge, m'habille & m'instruit.
Envers lui je serois parjure,
Si je cherchois les moyens d'être heureux.
Ah! tendre amour, amitié pure,
Ne sauroit-on vous accorder tous deux?   *bis.*

AIR: *Dans de vastes appartemens.*

Mais pourquoi m'alarmer ainsi?
Supposez qu'Isabelle ici
   Vivement l'intéresse!
A cet objet rempli d'appas,
Peut-être encore n'aura-t-il pas
   Découvert sa foiblesse.

SCENE III.

CASSANDRE & LÉANDRE.

CASSANDRE.

'AIR : *Du Vaudeville du Sorcier.*

AMI, de ma prochaine gloire,
Viens aujourd'hui prendre ta part,
Et fois témoin de la victoire
Que la nature cede à l'art.
Pour mettre à fin mon entreprife,
Ce foir dans un cercle éclatant,
   Je fais tant, tant,
Que tout le monde avec furprife,
Autour de moi va s'écrier :
   C'eft un forcier ?   *bis*

LÉANDRE.

AIR : *O gué lan la, lan laire.*

Oui, dans ces circonftances,
   Ne doutez pas,
Qu'ici vos connoiffances
   Portent leurs pas ;
Les femmes, les femmes fur-tout,
Qui, depuis un tems, pour briller en tout,
   Ont aux expériences,
    Su prendre goût.

'AIR : *Du Vaudeville du Tableau parlant.*

Mais qui s'en réjouit ?
C'eft votre Colombine....
Ce fuccès l'éblouit,
  Elle en jouit.

A iv

CASSANDRE, *à part.*

Ce qu'il dit m'affassine.

LÉANDRE.

Cette Beauté divine
Compte, à votre retour,
Sur votre amour.

CASSANDRE.

AIR : *De la Confeſſion.*

Oh par la corbleu !
Parlons du point qui nous raſſemble ;
L'amour n'eſt qu'un jeu,
Quand pour la gloire on eſt en feu.

LÉANDRE.

Mais, Monſieur, vous étiez, ce me ſemble,
Fiancés enſemble.

CASSANDRE.

Oh par la corbleu ! &c.

LÉANDRE.

AIR : *Reçois dans ton galetas.*

Dans un tel emportement,
J'entrevois quelque myſtere ;
Parlez-moi ſincérement.

CASSANDRE.

Avec toi je ne puis me taire ;
Je t'avouerai bonnement,
Que j'ai violé mon ferment.   *bis.*

LÉANDRE.

AIR : *Toujours ſeule, diſoit Nina.*

Enfin, m'en voilà donc certain ?
(*à Caſſandre.*)
Vous, Caſſandre, infidele !

CASSANDRE.

Que veux-tu ? c'étoit mon deſtin
    D'adorer Iſabelle.
Léandre, il eſt vrai qu'autrefois
Sur moi Colombine eut des droits ;
    Mais Iſabelle me parla ,
    Et pour jamais la voilà
        Là.

    (*Il porte la main ſur ſon cœur.*)

    AIR : *On compteroit les diamans.*

Non , jamais la nature au jour
Ne mit un plus charmant ouvrage ;
Elle a la taille faite au tour ,
Elle a la fraîcheur du bel âge.
S'il pouvoit loger un œil noir
Sous ſa paupiere à demi-cloſe ! …
Mais , attendons juſqu'à ce ſoir
Avant d'en dire quelque choſe.

Après tout, mon cher , ſur ce point ,
Si je ſuis contraint au ſilence ,
La pauvre Iſabelle n'a point
A rougir de ma réticence.
Il lui manque encor deux beaux yeux :
Eh bien, ce n'eſt pas une affaire ;
Elle n'en reſſemble que mieux
A l'Enfant qui regne à Cythere.

LÉANDRE.

AIR : *Vous l'ordonnez , je me ferai connoître.*

Il eſt trop vrai, la Belle vous enflamme ;
Mais devez-vous compter ſur ſon retour ?
Et par quel ſens votre ſincere amour
Auroit-il pu paſſer juſqu'à ſon ame ?

CASSANDRE.

Même air.

Elle a pour moi le cœur fenfible & tendre,
Et la chofe eft facile à concevoir :
Elle n'a pas le plaifir de me voir,
Mais qu'eft-ce auprès de celui de m'entendre ?

SCENE IV.

PIERROT & les Précédens.

PIERROT.

AIR : *Pan, pan, pan.*

Sur le bruit de vos talens,
Pour vous confulter, je penfe,
De ce lieu des Payfans,
A la porte font frappans.
(*Les Payfans en dehors.*)
Pan, pan,
Ouvrez-nous en diligence.
Pan, pan.

PIERROT.

Attendez quelques inftans.

CASSANDRE.

AIR : *Réveillez-vous, belle endormie.*

Pierrot, fais ceffer ce tapage ;
Ils font venus mal-à-propos :
La veille de mon mariage,
Je n'ai befoin que de repos.

AIR : *Nous nous marierons Dimanche.*

Nous, pour préparer fa guérifon,
Sauvons-nous chez Ifabelle :

Toi, Pierrot, fais entendre raison
A cette vile sequelle.

PIERROT.

Ce groupe de gens
  Indigens
  Fait peine.

CASSANDRE.

Le Lundi
Ou le Vendredi,
  Qu'il vienne.
Médecin vanté
N'a de charité,
Que deux fois dans la semaine.

SCENE V.

PIERROT & LES PAYSANS.

PIERROT.

AIR : *De la Béquille.*

IL est trop occupé
Pour pouvoir vous entendre.

LES PAYSANS.

J'ons pourtant ben frappé.

PIERROT.

Oui, mais il faut descendre.
(*Ils s'en vont tous, à l'exception d'un Paysan*
& d'une Paysane.)

LE PAYSAN.

Est-ce que j'ons l'encolure
D'in d'mandeux de gratis ?

Lifais fus not' figure,
Et n'jugeais pas l'shabits.

PIERROT.

Air : *Un Chanoine de l'Auxerrois.*

C'eft qu'on vient ici tous les jours
Nous endormir de beaux difcours,
  Peu fuivis de piftoles ;
Et pour la gloire de notre art,
Nous ne devons point au hafard,
  Débiter nos paroles.

LE PAYSAN.

Morguoi ! v'là ben du carillon ;
  Calmais vot' colere
    A c'doux fon.

  (*Il frappe fur fon gouffet.*)

PIERROT.

  Bon, bon, bon,
  Votre argent eft bon,
  Mais on eft en affaire.

LA PAYSANE.

  Air : *Sans dépit, fans légéreté.*

Si vous ne daignez pas m'acouter,
Vous m'caus'rais eun' douleur amere,
Tous les jours pour v'nir confulter,
  Je n'échapons pas à not' mere.

PIERROT.

  Air : *N'avez-vous pas vu Fanchette ?*

Mais dans cet endroit, de grace,
  La Belle, que voulez-vous ?
  Ce minois qui nous agace,
  N'y peut venir, entre nous,
    Que pour qu'on lui faffe
    Les yeux doux.

LE PAYSAN.

AIR : *Du pas redoublé de l'Infanterie.*

Si vot' Maît' fe croit au-deffus de ça,
   Baillais vous-même audience.

PIERROT.

Oh ! dans le fauteuil que voilà,
   J'ai prefque fa fcience.
       (*Il s'affeoit.*)

LE PAYSAN.

A vot' air j'nous fentons déjà
   Remplis de confiance.

PIERROT.

Puifque c'eft ainfi, touchez-là...
   Et comptez... votre chance.
   (*On lui donne de l'argent.*)

LE PAYSAN.

AIR : *Des fimples jeux de fon enfance.*

Y s'agit donc de Marguerite,
Dont j'fomm' l'époux, fus vot' refpect :
Oh d'ça, c'eft eun' femm' qui mérite ;
Quant à l'honneur gny a rian d'fufpect.
Mais d'vant que j' l'eus prife en minage,
'Tout' les fill' m'fembloient laid' s'auprès.
Et d'puis que j'fons dans l'mariage,
All' m'femb' avoir tout' pu d'attraits.

PIERROT.

AIR : *Vaudeville des Chaffeurs.*

Le cas me paroît des plus rares.

LE PAYSAN.

'Auffi vos remed' s'ront-i fuivis.

PIERROT.

Ami, des Charlatans ignares
Te donneroient d'autres avis ;
Mais, quant à nous, voici le nôtre :
En leur faisant un doux accueil,
Pour les voir toutes du même œil,
Epouse-les l'une après l'autre.   *bis.*

LE PAYSAN.

Air : *Allez vous-en, gens de la noce.*

J'vons en demander la permettance
Au brav' Seigneur de not' canton.
Morguai ! queu puits d'intelligence !
J'gag'rois qu'vot' Mait' n'en fait pas pu long.
Oh ! pour çà, non,
Et j'vous répond,
D' vous accorder la préférence,
En fait de consultation.

SCENE VI.

PIERROT & LA PAYSANE.

PIERROT.

Air : *Sous un ormeau.*

LA belle Enfant,
C'est à votre tour maintenant :
Venez franchement
Me conter de bout en bout
Tout.

LA PAYSANE.

Air : *Du serin qui t'a fait envie.*

J'aimons en dépit de ma mere
Colin, qui n'a que son troupiau ;
Mais all' me dit d'un air sévere

Qu'il eſt laid , moi je l'trouvons biau.
Or, j'nons pas tout' deux la barlue.
Parlais , Monſieu, parlais , j'vous croi.
Qui de nous deux a bonne vue,
Ou de ma mere, ou bian de moi ?

Tout au rebours all' veut que j' préfere
Un vieux Monſieu, tout couſu d'or ;
All' dit qu'il eſt taillé pour plaire,
Ma fin, moi, j' n'en tomb' pas d'accord.
Or, j' n'ons pas tout' deux la barlue, &c.

PIERROT.

Air : *Charmantes Fleurs , quittez les prés de Flore.*

De tout ceci , nous concluons, ma chere,
Que vous n'avez rien à vous reprocher.
Si l'intérêt aveugle votre mere ,
L'Amour auſſi , peut bien vous aveugler.

LA PAYSANE.

Air : *L'autre jour étant aſſiſe.*

Queu parti prendrai-j' t'y donc ?

PIERROT.

Vîte, allez chez un Notaire,
Epouſez-moi le barbon ,
C'eſt une excellente affaire.
Dans ce cas ſeulement,
Comme il faut être honnête ,
Invitez poliment
Le jeune homme à la fête.

LA PAYSANE.

Air : *Ça que je te mette.*

Monſieu, vot' ſarvante,
J' ſomm' reconnoiſſante.
Monſieu, vot' ſarvante ,
Mais j' n'ons point d'argent.

PIERROT.

Eh bien ! autrement
Il faut qu'on me contente.

LA PAYSANE.

Monfieu, vot' farvante, &c.

PIERROT, *courant après elle.*

AIR : *J'ai du bon tabac.*

Un petit baifer,
Charmante poulette,
De vous acquitter
C'eft le feul moyen.

LA PAYSANE.

Il eft à Colin.

PIERROT.

Parbleu ! je le tien.

LA PAYSANE.

Ah ! vous l'avais pris fans qu'on vous l' parmette :
Colin, après tout, me le rendra bien.

SCENE VII.

PIERROT, *feul.*

AIR : *Je fuis Carmelite, moi.*

Puisqu'il fuffit d'ordonnances légeres
Et de tons impofans,
Pour attraper les baifers des Bergeres
Et l'or des Payfans,
Oh ! par ma foi !
Sans être fur la lifte,
Je fuis Oculifte,
Moi,
Je fuis Oculifte.

SCENE

SCENE VIII.

PIERROT & COLOMBINE, *en homme.*

COLOMBINE.

Air : *L'avez-vous vu, mon Bien-aimé ?*

L'AMI, c'est sans doute en ces lieux
    Que le fameux Caffandre,
Par un succès miraculeux,
    Ce soir doit nous surprendre.

PIERROT.

Vous avez dit la vérité,
C'est mon Maître, sans vanité.

COLOMBINE.

    J'aurois été
    Très-enchanté
De voir comme il opere.
En fait de curiosité,
Moi, je tiens de ma mere.

PIERROT.

Air : *Sans le savoir.*

Monsieur est amateur, je pense.

COLOMBINE.

Sans l'extrait de quelque science
Je ne puis m'endormir le soir ;
Le jour je babille & je glose :
Dans les Cafés il me faut voir,

B

Là, je parle de toute chose,
Sans rien savoir.

PIERROT, *à part.*

'AIR : *Palsembleu , Monsieur le Curé !*

Parbleu, j'ai vu... je ne sais où...
Cette friponne de mine ;
Eh mais ! oui... Non... Allons donc, je suis fou,
Si, ma foi : c'est Colombine.

COLOMBINE.

'AIR : *A la Ville ainsi qu'à la Cour.*

Eh bien ! puis-je obtenir de toi ?

PIERROT, *riant sous cape.*

Volontiers, Monsieur, suivez-moi :
Mais, pour éviter une erreur,
Comment faut-il qu'on vous présente ?

COLOMBINE.

Quoi ?...

PIERROT.

Sera-ce comme Amateur ?
Sera-ce comme Amante ?

COLOMBINE, *à part.*

'AIR : *Le Démon malicieux & fin.*

Pierrot est malicieux & fin.

PIERROT.

Mon Enfant, le tour n'est pas malin.
Ce déguisement vous embarrasse,
Sans rien cacher à mes regards surpris.
Je découvre en vous certaine grace ;
Le sexe perce à travers les habits,

COLOMBINE.

AIR : *Il étoit un oiseau gris.*

Que dit cet impertinent ?
　Eh ! mais vraiment,
Sied-il ainfi d'outrager.
　Un étranger ?
Ces quolibets infenfés
　Sont mal placés.
Si j'en croyois mon courroux...

PIERROT.

Appaifez-vous.
Ce Tailleur eft un mal-adroit ;
Il fait un furtout trop étroit.
Ah ! cachez vos charmes, car on les voit

COLOMBINE.

AIR : *Pour une fois.*

Dans ce cas plus de myftere
　Avec mon ami Pierrot.

PIERROT.

Quand on devient néceffaire,
On ceffe d'être un maraud :
　Vîte en un mot,
　Comptez l'affaire
Qui vous a conduite à Chaillot.

COLOMBINE.

AIR : *Lifette eft faite pour Colin.*

Je viens, fous ce déguifement,
　Surprendre ici ton Maître.
Je ne devrois pas cependant
　Courir après un traître ;
Mais, le fexe, fur fon chemin,
　Dans ces tems de mifere

Ne rencontre, deffous fa main
Que des céiibataires.

PIERROT.

'AIR : *Il n'eft pire eau que l'eau qui dort.*

J'excuferois votre active tendreffe,
Si mon cher Maître étoit dans fon printems.
Oh ! mais, peut-être aimez-vous la vieilleffe
Pour être veuve en peu de tems ?

COLOMBINE, *avec de grands geftes outrés.*

AIR : *Toujours le même.*

Fi donc, Pierrot ! quel fentiment barbare ?
Moi, defirer de voir finir fes jours !
Ah ! je les chéris trop, quoique fon cœur s'égare ;
Puiffe le Ciel profpere en allonger le cours,
Même aux dépens de ceux qu'il te prépare.

AIR : *Tous les pas d'un difcret Amant.*

Et comment ne pas confentir
A s'attacher par l'hymenée,
Un vieillard forcé de fortit
Plus de vingt fois dans la journée ?
On peut braver foir & matin,
Les traits de fon humeur jaloufe :
Car, en époufant un Médecin,
C'eft la liberté qu'on époufe.

PIERROT.

'AIR : *Il n'eft point de bonne fête, fans lendemain.*

Mais, de Monfieur Caffandre
Que croyez-vous obtenir ?
A l'objet le plus tendre
Il eft tout près de s'únir.
Quiconque fcelle fa flamme
Par le faint nœud de l'hymen,
Ne peut prendre une autre femme
Le lendemain.

COLOMBINE.

AIR : *Un Cordelier d'une riche encolure.*

A fe venger mon cœur fe détermine :
    Ici Colombine
    Veut avec éclat
    Arracher à l'ingrat
Ce que tantôt fa fcience fatale
    Donne à ma rivale ,
    Si bien , qu'entr'eux
        Deux ,
Ils n'auront que deux yeux.

PIERROT.

AIR : *Que je regrette mon amant !*

D'agir auffi cruellement
Gardez-vous bien , je vous conjure.

COLOMBINE.

Soit : mais je veux voir clairement ,
Fût-ce par un trou de ferrure ,
Cette charmante aveugle-là ,
Sa guérifon , & cétera.

PIERROT.

AIR : *Trifte raifon.*

Ce cabinet vous offre un fûr afyle :
A la fourdine il faut vous y gliffer.
Et , s'il fe peut , demeurez-y tranquille
En obfervant ce qui va fe paffer.

COLOMBINE.

Même air.

Dans cet endroit je confens à me rendre ,
Et je reffemble , hélas ! dans ma douleur ,
A ces maris , qui fur eux favent prendre
D'être témoins de leur propre malheur.

SCENE IX.

PIERROT, *seul.*

AIR : *Ne donnons jamais à nos femmes.*

JE fuis prêt à verfer des larmes,
Tant fon deftin me fait pitié !
Et de fes cruelles allarmes
Mon cœur éprouve la moitié.
Qu'elle a de pouvoir fur mon ame,
Puifque je trahis mon Maître ! mais
Quand il faut obliger une femme,
Pierrot ne recule jamais.　　　　*bis.*

SCENE X.

PIERROT, CASSANDRE, LÉANDRE & ISABELLE.

ISABELLE, *un bandeau fur les yeux.*

AIR : *De l'Amour quêteur.*

DE plaifir, de crainte & d'amour,
　　　Tour-à-tour,
　Mon ame eft faifie.

CASSANDRE.

Pierrot, ferme la jaloufie,
　Il fuffit d'un demi-jour.

LÉANDRE.

Trop d'éclat tout d'un coup, fans doute,
Pourroit nuire à notre deffein.

ISABELLE.

Mais donnez-moi donc la main ,   *bis.*
Meffieurs , je n'y vois goutte. · *bis.*

CASSANDRE.

AIR : *La lumiere la plus pure.*

La lumiere la plus pure
Brillera bientôt pour toi.
Tu me verras, je te jure,
Auffi-bien que je te voi.
A mon ame tranfportée ,
Permets la citation ,
Tu feras la Galathée
D'un nouveau Pygmalion.

ISABELLE.

AIR : *Comme v'là qu'eft fait !*

J'entends raifonner de la terre ;
    Où je ne conduis pas
        Mes pas ;
Du foleil qui le jour l'éclaire ;
    De la lune qui luit
        La nuit ;
Mais mon cher Amant m'intéreffe
Encore plus que tout autre objet,
Et , dans l'excès de ma tendreffe ,
Je veux d'abord voir en effet
    Comme il eft fait...

CASSANDRE.

AIR : *Du Vaudeville de la Clochette.*

J'admire la reconnoiffance
Que tu me témoignes d'avance.
Agiffons fans plus différer :

B iv

Je ne veux plus te faire attendre,
Duſſent les curieux ſe rendre
Quand j'aurai fini d'opérer.

LÉANDRE.

Mon ami, j'entends la ſonnette.

PIERROT.

On y va. Drelin ! drelin ! drelin !

LÉANDRE.

Ne ſeroit-il pas plus honnête,
Si c'eſt du ſexe féminin,
Que nous lui préſentions la main.   *bis.*

CASSANDRE.

AIR : *Vous avez raiſon, la Plante.*

Vous avez raiſon, Léandre,
Et je vais ſuivre Pierrot.

ISABELLE.

Quoi ! vous me quittez, Caſſandre !

CASSANDRE.

Oh ! je reviendrai bientôt.
(*à part.*)
Dieu ! comme elle a l'ame tendre !
C'eſt la femme qu'il me faut.

(*Léandre accompagne Caſſandre juſqu'à la porte*
& revient ſur ſes pas ſans être entendu d'Iſabelle.

SCENE XI.

LÉANDRE & ISABELLE.

ISABELLE, *se croyant seule.*

AIR: *Vois-tu ces côteaux se noircir ?*

Plus de soucis, plus de douleur,
Je touche au comble du bonheur.
  L'art va dissiper l'ombre,
  Qui de son voile sombre
  Me dérobe les Cieux.
Que cet instant m'est précieux !
Quel avenir délicieux !
  Celui qui sait me plaire
  Doit ouvrir, tour-à-tour,
  Mes yeux à la lumiere,
  Et mon cœur à l'amour.

LÉANDRE, *à part.*

AIR : *Contre un engagement je me crus affermie.*

  Je devrois profiter
  D'un si doux tête-à-tête,
  Je devrois tout tenter ;
  Mais l'amitié m'arrête.
  Cet aveu m'embarrasse,
  Et je ne ferai pas
  Ce qu'un autre à ma place
  Feroit en pareil cas.

ISABELLE.

AIR : *Babet, que t'es gentille !*

Cassandre est de retour,
Je l'entends qui soupire.

L É A N D R E, *à part.*

Caffandre ! oh ! le bon tour !
N'allons pas la dédire ;
Ici, fans témoins,
Profitons du moins
De cette erreur complette.

(*Il contrefait la voix de Caffandre.*

Oui, c'eft moi, mon aimable Enfant,
Jamais près de toi, franchement,
Je ne vole auffi promptement
Que mon cœur le fouhaite....   *Bis.*

I S A B E L L E.

Air : *Guillot un jour trouva Lifette.*

Où font donc ces gens d'importance
Que vous avez dû recevoir ?

LÉANDRE, *d'abord un peu embarraffé de la queftion.*

Là-bas, avant que je commence,
Sans doute on les a fait affeoir....
Ce Léandre par fa préfence,
Dans les bornes de la prudence,
A tantôt fu me contenir.
Pour m'en venger, donne d'avance
La main qui doit m'appartenir.   *bis.*

I S A B E L L E.

Même air.

Caffandre, je vous l'abandonne :
Prêt à former un doux lien,
Un tendre Amant, fans qu'on s'étonne,
Peut anticiper fur fon bien.

L É A N D R E.

Si j'ofois ! mais non, j'appréhende.

Cette faveur est par trop grande ;
Laisse-moi te prendre un baiser.

ISABELLE.

Ah ! mon ami , quelle demande !
Je ne puis te le refuser. *bis.*

AIR : *Zirphile , je voudrois la voir.*

Cassandre !...

LÉANDRE.

Quel ravissement ! (*Cassandre entre.*)

ISABELLE.

Mon cher Cassandre ! quel moment charmant !

CASSANDRE.

J'admire
Le pressentiment
Qui lui fait dire
Que j'entre à présent.

SCENE XII.

LÉANDRE , ISABELLE , CASSANDRE ; PIERROT, Troupe de Curieux.

PIERROT, *aux Curieux.*

AIR : *Jupin dès le matin.*

MESSIEURS, sans balancer,
Entrez vous placer ;
Nous allons commencer.
Ah ! combien
De monde il nous vient !

Je m'en doutois bien,
Car il n'en coûte rien.

(*aux hommes.*)

Par-là fi je vous mets,
C'eft tout exprès.
Voifinage d'attraits
Rend trop diftraits ;
Derriere ces bonnets
A grands plumets
D'ailleurs, Meffieurs, moi, je vous plaindrois.
Mais, fur-tout fi c'eft beau,
Criez, bravo.
Point de prévention,
Attention ;
Dans l'opération
Mon Maître n'a jamais été long.

CASSANDRE, *aux Curieux.*

AIR : *Not' Demoifelle a dit oui.*

Vous croyez qu'à fon fujet
La gloire m'enflamme.   *bis.*
Mais fachez que mon projet
Eft de mériter la main de cet objet.

LES CURIEUX.

Je lui laifferois fon bandeau,
Si c'étoit ma femme ;   *bis.*
Je lui laifferois fon bandeau ;
Femme clairvoyante eft fouvent un fardeau.

CASSANDRE.

AIR : *Le premier du mois de Janvier.*

Morbleu ! fongez donc à quel point
Une Belle qui n'y voit point
Peut fe méprendre, quoique fage ;

Il est plus prudent, voyez-vous,
Que femme apporte à son époux
Un œil ou deux en mariage.

AIR : *Je ne sais pas ce que je sens.*

Amour, Amour, c'est à préfent,
Qu'il faut fignaler ta puiffance :
Cede à nos vœux, Dieu bienfaifant ;

(*Les Curieux & lui.*)

Viens, augmente encor $\begin{cases} fa \\ ma \end{cases}$ fcience.

(*Caffandre mettant ses lunettes.*)

Daigne auffi, dans ces doux travaux,
Me feconder, mon cher Eleve.

LÉANDRE.

Que j'entrevois d'attraits nouveaux
Sous ce bandeau que je fouleve !

LES CURIEUX.

Eh bien ! eh bien !

CASSANDRE.

Tout est fini, je croi,
Regardez-moi,
Belle
Ifabelle.

ISABELLE.

AIR : *Ah ! mon Dieu, que je l'échappai belle !*

Ah ! grand Dieu, quelle horrible figure !

(*à Léandre.*)

Caffandre, en vos bras, recevez-moi, je vous conjure :
Faut-il que dans cette conjoncture

Cet homme odieux
Prenne
L'étrenne
De mes yeux?

CASSANDRE.

AIR : *Si j'en juge d'après mon cœur.*

Oh Ciel ! aurois-je dû m'attendre
A subir un pareil affront ?
Elle me paroissoit si tendre :

(*à Léandre.*)

Mon ami, détrompez-la donc.

LÉANDRE.

La belle Enfant, je suis Léandre,
Et voilà votre bienfaiteur.

ISABELLE.

Oh ! nenni, vous êtes Cassandre,
Si j'en juge d'après mon cœur.   *bis*

CASSANDRE.

Même air.

Mais tu répondois à ma flamme.

ISABELLE.

Une aveugle a droit de rêver.
Je tiens aux traits que dans mon ame
L'Amour même avoit su graver.
Je ne les trouve qu'en Léandre :
A lui je m'unis désormais,
Et vous pouvez, Monsieur Cassandre,
Lui dire à quel point je l'aimois.   *bis.*

LÉANDRE.

AIR : *Nous autres bons Villageois.*

Le deſtin m'a ſecondé :
Je t'adorois à la ſourdine.

CASSANDRE.

Je ſens mon cœur poignardé.

PIERROT, *à part.*

Bonne affaire pour Colombine.

LES CURIEUX, *en ſaluant Caſſandre.*

Pour nous, vous nous avez montré
Le talent le plus avéré.

CASSANDRE, *impatient.*

Et non, Meſſieurs, en vérité,
Vous avez bien de la bonté.

SCENE XIII ET DERNIERE.

COLOMBINE & les Précédens.

COLOMBINE, *ſortant du cabinet, l'épée à la main.*

AIR : *Lubin a la préférence.*

Rangez-vous que j'extermine
  Ce vieillard inſolent,
  Parjure à ſon ſerment,
Qui de ma ſœur Colombine
Oublia qu'il étoit l'amant.

CASSANDRE, *courant de côté & d'autre,*

Amis, ſauvez-moi, je tremble.
Les malheurs m'accablent tous enſemble.

COLOMBINE, *en garde.*

Ventrebleu !

CASSANDRE, *à genoux.*

Mon Dieu !

COLOMBINE.

Ah ! vous mourrez !

CASSANDRE.

Je l'épouse quand vous voudrez.

COLOMBINE, *ôtant son chapeau.*

Ah ! puisqu'il en est ainsi,
Vous n'irez pas loin, la voici.

CASSANDRE, *se relevant.*

Avec le Chœur. { Parbleu ! la replique
　　　　　　　 Est unique ;
　　　　　　Donnons-nous la main ;
　　　　　　Trêve au chagrin,
　　　　　　Qu'un double hymen
　　　　　　Nous unisse demain.

AIR : *De l'Angloise de la Reine.*

Aux vœux
Langoureux
D'un vieux,
Quand un aveugle tendron
Répond,
Il doit, d'après cette leçon,
Laisser ses yeux tels qu'ils sont.

COLOMBINE.

Dans le dessein de me venger,
Je venois te dévisager ;

Mais

Mais je veux, frippon,
Pour ton pardon,
Laisser tes yeux tels qu'ils sont.

LÉANDRE & ISABELLE,

Pour nous, qu'en ce jour
L'Amour
Joint par un engagement
Charmant,
Puisse à jamais notre union
Laisser nos yeux tels qu'ils sont !

PIERROT, *au Public.*

Un Auteur,
Dans sa vive ardeur,
Voit en beau
Son Drame nouveau.
Rarement il apperçoit
Un endroit
Mal-adroit,
Ou froid :
Messieurs dans ce cas,
Tout bas,
Plaignez un aveuglement
Si grand ;
Et pour sa consolation,
Laissez ses yeux tels qu'ils sont.

F I N.

APPROBATION.

J'AI lu par ordre de Monsieur le Lieutenant Général de Police, *Caſſandre*, *Oculiſte*, *Comédie-Parade*, & je n'y ai rien trouvé qui m'ait paru devoir en empêcher la Repréſentation & l'Impreſſion. A Paris, ce 28 Avril 1780.

Signé, S U A R D.

Vu l'Approbation ; permis de repréſenter & imprimer. A Paris, ce 31 Avril 1780.

Signé, LENOIR.

De l'Imprimerie de CHARDON, rue Galande.

www.ingramcontent.com/pod-product-compliance
Lightning Source LLC
Chambersburg PA
CBHW060856180626
46818CB00004B/1725